# sterne sehen

D1698324

# sterne sehen

SIEHT SCHMERZHAFT AUS...

DAS IST NIX.

...WO SIND DEINE SCHUHE?

DER UNFALL DA HINTEN... WARST DU DAS?

NEIN!

BRAUCHST DU IRGENDWIE HILFE? SONST WÜRD ICH NÄMLICH MAL WEITER...

ICH... ICH WEISS NICHT...

HRM, ALSO... DA HINTEN SIND GRAD FEUERWEHR UND POLIZEI UNTERWEGS, DIE KÖNNEN SICHER AUCH SCHNELL EINEN KRANKEN-WAGEN ODER SO RUFEN, FALLS DU...

NEIN!

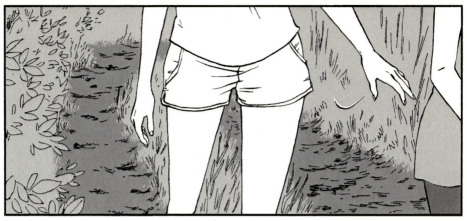

WOHIN MUSST DU DENN?

NACH HAUSE.

FÜR MICH?

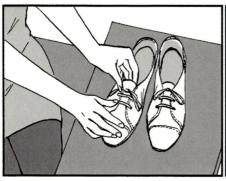

DANKE!

GLÜCK GEHABT, DASS SIE PASSEN.

ICH BIN ELA. ELA ERA EAN.

NINA.

ELA, WIESO BIST DU NOCH HIER? DU WOLLTEST DOCH NACH HAUSE...

WILLST DU JEMANDEN ANRUFEN?

OH, NEIN DANKE. MEIN BRUDER KOMMT MICH SICHER ABHOLEN.

DAS KÖNNTE NUR EIN WENIG DAUERN.

NA, DU KANNST NATÜRLICH RUHIG HIER WARTEN.

... SO IN ETWA 100 TAGE.

WAS?!

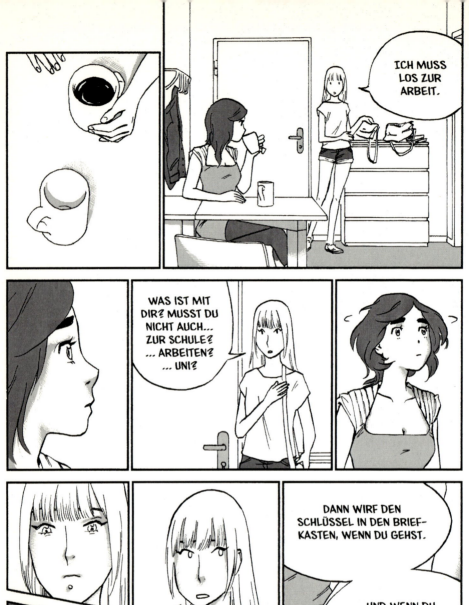

ELA!

NA, WAS GUCKST DU?

DAS MUSS MAN SICH MAL VORSTELLEN, DA SCHICKEN DIE EIN KIND ALLEINE LOS UND ES HAT NUR DIESE ...MAUS? WAS IST DAS ÜBERHAUPT FÜR EIN TIER? UND STÄNDIG MUSS ES KÄMPFEN! GEGEN ANDERE KINDER MIT IHREN TIEREN! WER DENKT SICH DENN SOWAS AUS?

ELA, WIE WÄR'S WENN DU DEN FERNSEHER MAL AUSMACHST? DU KÖNNTEST VOR DIE TÜR GEHEN, DIR DIE GEGEND ANSCHAUEN – ODER DIR NE ARBEIT SUCHEN. ICH HAB DIR JA GESAGT, WENN DU NICHT NACH HAUSE WILL... KANNST, BLEIB VORERST BEI MIR. ABER ES WÄR GUT, WENN DU WAS ZUR MIETE DAZU...

KANN ICH NICHT MIT DIR ZUSAMMEN ARBEITEN?

...WAS ARBEITEST DU?

IM STÄDTISCHEN KRANKENHAUS, IN DER KÜCHE.

PUH!

ICH WEISS NICHT...

SIE HABEN ALLES WEGGERÄUMT...

WAS SUCHST DU DENN ÜBERHAUPT?

ICH DACHTE, VIELLEICHT IST NOCH ETWAS BRAUCH-BARES HIER... ODER WAS, DAS ICH REPARIEREN KANN.

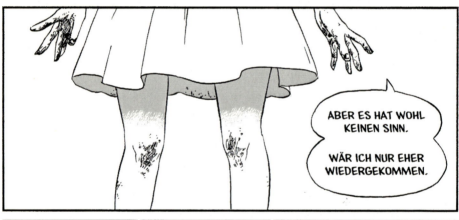

ABER ES HAT WOHL KEINEN SINN.

WÄR ICH NUR EHER WIEDERGEKOMMEN.

WENN DU DIR DA SICHER BIST... DANN KANN MAN WOHL NIX MACHEN.

HM.

ICH HAB EINE IDEE. DAS WIRD DIR GEFALLEN.

ICH MUSS JETZT WIRKLICH LOS.

WARTE HIER AUF MICH. WENN DU ES DIR ANDERS ÜBERLEGST, FRAG EINFACH AM EMPFANG NACH MIR.

EIN HÜBSCHER SPRINGBRUNNEN, NICHT?

KANN ICH MICH
ZU IHNEN SETZEN?

SICHER.

ICH HAB EINE ÜBERRASCHUNG!

UND MARA HAT GEMEINT, EINE FREUNDIN VON IHR SUCHT AUCH JEMANDEN, DER MIT ELLIE GEHT. UND WENN DIE AUCH NOCH JEMANDEN KENNT, DER JEMANDEN SUCHT...

MARA?

ELLIE?

OH MANN, WIE GING DAS NOCH?

ALSO...

*E*s waren einmal eine Maus, eine Bohne und eine Wurst, die wohnten gemeinsam in einem kleinen Haus am Waldrand. Die Maus war frech, die Bohne eine Frohnatur und die Wurst so ernst, wie jemand nur sein kann.

*T*rotz ihrer Verschiedenheit verstanden sie sich gut miteinander und kochten jeden Sonntag reihum für einander. An den Tagen aber, an denen die Wurst die gemeinsame Mahlzeit kochte, schmeckte es allen besonders gut.

*D*ie Maus wollte auch so gut kochen wie die Wurst und fragte diese nach ihrem Geheimnis. Die Wurst erklärte der Maus, dass sie sich selbst immer zum Essen dazu in den Kochtopf lege.

Als nun die Maus an der Reihe war zu Kochen, machte sie es genau so, wie ihr die Wurst es erklärt hatte und kletterte mit in den Kochtopf hinein. Doch Wurst ist Wurst und Maus ist Maus und so verkochte die arme Maus ganz und gar im Topf.

Als Wurst und Bohne das Unglück der Maus bemerkten, begann die Wurst bitterlich um die Maus zu weinen. Wie die Wurst nun weinend vor dem Haus saß, kam...

ERST DIE BOHNE.

WAS?

ERST DIE BOHNE. DIE BOHNE LACHT, BIS SIE PLATZT.

...

WAS?

STIMMT, STIMMT! ALSO...

DIE BOHNE MUSSTE ÜBER DIE DUMMHEIT DER MAUS SO SEHR LACHEN
...

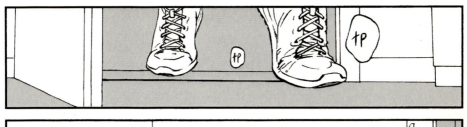

NINA?
GUCK MAL.

SIEHT GUT AUS,
SO KURZ, ODER?

JA.

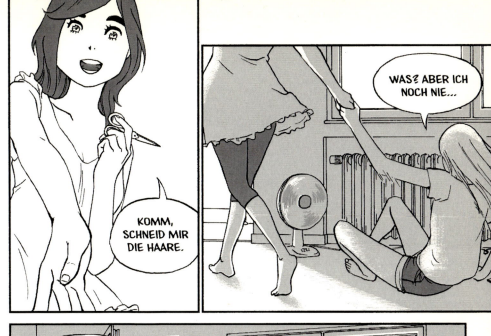

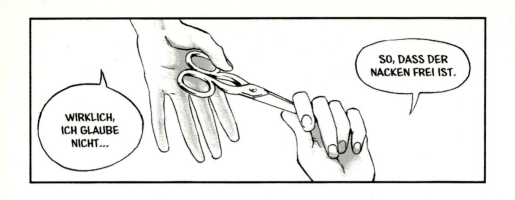

ICH SAH EINFACH SCHRECKLICH AUS.

ICH KANN DIR JA DEN PONY SCHNEIDEN! DANN KANNST DU AUCH WIEDER WAS SEHEN.

WAS?

NEIN!

NEIN, DANKE.

WIRKLICH NICHT?

NA GUT. ABER DU SAHST BESTIMMT SÜSS AUS MIT DEM KURZEN PONY.

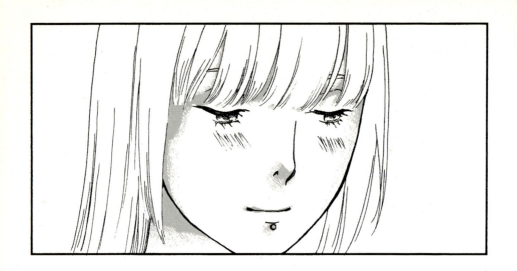

UND JETZT **WOHNT** SIE BEI DIR?! NA KLAR, DAS IST JA SELBST-VERSTÄNDLICH, WENN MAN EIN VERRÜCKTES MÄDCHEN TRIFFT! ACH, DU HÄLTST DICH FÜR EINE AUSSERIRDISCHE, SOSO! KOMM REIN, MACH ES DIR GEMÜTLICH!

SIE KANN ODER WILL EINFACH GRAD NICHT NACH HAUSE. ICH WEISS GENAU, WIE SICH DAS ANFÜHLT.

TOLL, DANKE. UND UM UNS ALLEN EINS AUSZUWISCHEN, LÄDTST DU DIR JETZT EINE WILDFREMDE EIN!

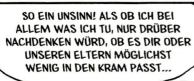

SO EIN UNSINN! ALS OB ICH BEI ALLEM WAS ICH TU, NUR DRÜBER NACHDENKEN WÜRD, OB ES DIR ODER UNSEREN ELTERN MÖGLICHST WENIG IN DEN KRAM PASST...

SO HABE ICH DAS DOCH GAR NICHT GEMEINT. ABER WAS DU DA MACHST IST SCHON GEFÄHRLICH...

ANNE, ELA IST FÜR MICH KEINE WILDFREMDE.

SIE BRAUCHT EINFACH NUR MAL JEMANDEN, DER ÜBER DIESE ALIEN-NUMMER HINWEGHÖRT UND TROTZDEM FÜR SIE DA IST.

AUSSERDEM HILFT SIE MIR MIT DER MIETE.

IST ES DESWEGEN? NINA, ICH HELF DIR DA DOCH GERN AUS, DU BIST DOCH MEINE SCHWESTER!

AUSSERDEM FINDEST DU DAS JETZT VIELLEICHT NOCH OKAY MIT DIESER ALIEN-GESCHICHTE, ABER WENN SIE DANN DURCH-DREHT, WEISS SIE, WO DU WOHNST!

DU DREHST DURCH, ANNE, KANN DAS SEIN?

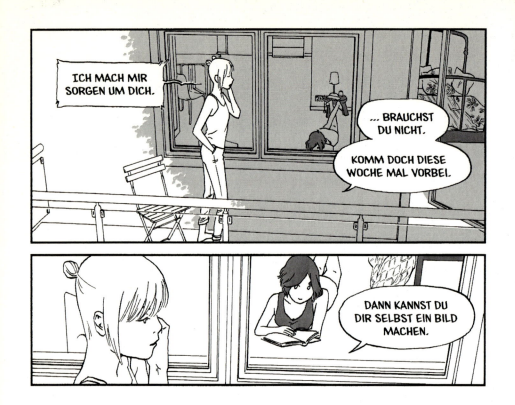

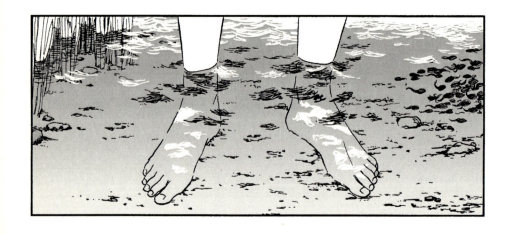

WIE IST DEINE SCHWESTER SO?

GRUSELIG!

WAS?

ANNE IST GANZ ANDERS ALS ICH. SIE BRAUCHT IMMER WAS ZU TUN, IST ZIEMLICH EHRGEIZIG...

DAS MACHT MIR SCHON MANCHMAL ANGST.

ABER WIR HABEN DEN GLEICHEN DICKKOPF, ...

HAT MEINE ...

... MUTTER IMMER GESAGT.

ELA HAT MIR VON IHREN HUNDEN ERZÄHLT. DAS IST JA EIN INTERESSANTER JOB.

MÖCHTEST DU AUCH HÖREN, WAS ICH HEUTE INTERESSANTES AUF EINEM PATIENTEN-TABLETT GEFUNDEN HAB?

EHER NICHT.

ABER GUCK DOCH MAL IN DER KÜCHE, WAS ICH HEUTE INTERESSANTES BEIM BÄCKER GEFUNDEN HABE.

JA! KNOTEN!

DAS EINE MAL ALS NORA EINFACH NICHT AUFHÖREN

WEIT UND DIE STIRN-ADER PLATZT!

UND WENN DANN NOCH EINER GEWAGT HAT, ZU WIDER-SPRECHEN!

DANN HAT ER IMMER SO GEGUCKT!

MACHT'S GUT, IHR BEIDEN! UND NINA, MELD DICH AB UND ZU.

klak

JA, DAS WAR MEINE SCHWESTER.

ANNE?

NA, HAST DU WAS VERGESSEN?

NEIN, ABER ICH HAB DIR EINEN HAUSTÜRSCHLÜSSEL VON MIR DA GELASSEN.

NUR DAMIT DU WEISST, WENN WAS SEIN SOLLTE UND DU DICH IN DEINER WOHNUNG NICHT MEHR SICHER FÜHLST...

MANN, ANNE! SO EIN UNSINN WIEDER!

DER SCHLÜSSEL LIEGT IN DER BESTECKSCHUB-LADE.

NA TOLL.

DU HAST ES IHR ERZÄHLT!

DIR HABE ICH VERTRAUT, NICHT ANNE ODER SONST JEMANDEM.

UND DU HAST ES EINFACH WEITER ERZÄHLT!

ELA, ES TUT MIR LEID. ICH HAB EINFACH NICHT NACHGEDACHT.

ABER MACH DIR DA MAL KEINE GEDANKEN. ANNE IST FÜR SOWAS EH ZU FANTASIELOS.

FANTASIE... LOS?

ICH MEINE NUR, SIE GLAUBT ES EH NICHT, ALSO IST ES AUCH NICHT SO...

... GLAUBST DU MIR AUCH NICHT?

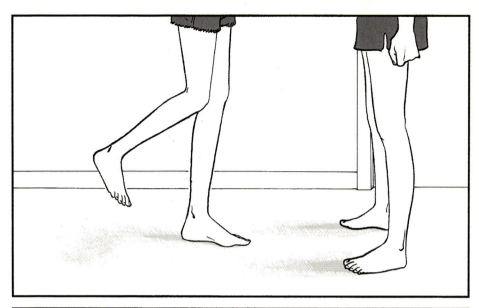

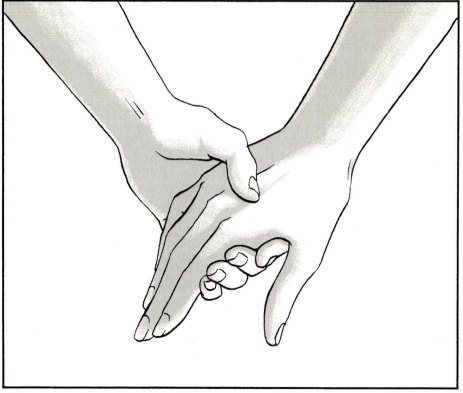

Wird in Band 2 fortgesetzt.

Asja Wiegand
**sterne sehen** Band 1

erscheint bei Zwerchfell GbR Dinter & Tauber
Redaktionsanschrift: Silberburgstr. 145A, 70176 Stuttgart • Redaktion:
Stefan Dinter • Layout: Büro Z

Ähnlichkeiten mit lebenden oder verstorbenen Personen und/oder
Firmen, Parteien, Vereinen und öffentlichen Einrichtungen,
ausser zu satirischen Zwecken sind zufällig und nicht beabsichtigt.

Printed in the EU by booksfactory

ISBN 978-3-943547-28-3

www.gestern-noch.de
www.zwerchfell.de